AF357788

VENTE

Du Lundi 11 Décembre 1897

HOTEL DROUOT, SALLE N° 9

A une heure 3/4

TABLEAUX & MINIATURES

Du XVIe siècle à nos jours

DESSINS DE MILLET, LAFAGE, ETC.

MEUBLES ANCIENS

OBJETS D'ART

Me H. SANONER	MM. GANDOUIN
COMMISSAIRE-PRISEUR	EXPERTS
27, Rue de Chateaudun	70, Faubourg Saint-Honoré

Chez lesquels on trouve le présent Catalogue

EXPOSITION PUBLIQUE

Le Vendredi 10 Décembre 1897

DE 2 HEURES A 6 HEURES

IMPRIMERIE ARTISTIQUE

E. MENARD & Cie

Bureaux et Ateliers : PARIS — 8-10, RUE MILTON

CONDITIONS DE LA VENTE

La vente sera faite *expressément* au comptant.

Les acquéreurs payeront en sus des adjudications *cinq pour cent*.

L'exposition mettant le public à même de se rendre compte de l'état des objets, il ne sera admis aucune réclamation une fois l'adjudication prononcée.

Paris. — Imp. E. Ménard et Cⁱ⁰, 8-10, rue Milton.

DÉSIGNATION

TABLEAUX & DESSINS

1 — BESSON (Faustin). *Catherine de Médicis aux Halles après la Saint-Barthelemy.*

2 — BOSCHAERT. *Fleurs dans des vases.* Deux pendants.

3 — BOUCHER (D'après). *Tête de berger.* Gravure aux trois crayons par Demarteau.

4 — CERQUOZZI. *Fruits, fleurs et singe.*

5 — COROT (Attribué à). *Étude. Portrait de femme.*

6 — COURBET (Attribué à Gustave). *Portrait d'homme.*

7 — COUTURE (Thomas). *Portrait d'homme.*

8 — CRAYER (Gaspard de). *Dieu le père tenant son fils descendu de la Croix.*

9 — DECAMPS (Gabriel). *Cheval et chien.* Etude.

10 — DECKER (D'après Conrad). *Le Moulin.* Épreuve d'artiste par Kratké, d'après le tableau du Musée du Louvre. (Eau forte).

11 — DEMARNE (Attribué à). *Vaches au pâturage.*

12 — DUBUFFE (Genre de). *Portrait de femme.*

13 — DUPRÉ (Jules) (Attribué à). *Paysage au soleil couchant.*

14 — DUPRÉ (Genre de Jules). *Paysage.*

15 — DUPRÉ (Genre de J.). *Paysage, soleil couchant.*

16 — DUPRÉ (Genre de). *Paysage.*

17 — DUPRÉ (Genre de). *Paysage.*
DUPRÉ (Genre de). *Paysage.*

18 — ÉCOLE ESPAGNOLE. *Jésus apparaissant
à sainte Rosalie.*

19 — ÉCOLE FRANÇAISE XVIIIe SIÈCLE.
Sainte Geneviève.

20 — ÉCOLE FRANÇAISE, RÉVOLUTION.
Portrait du général de B... Cadre bois sculpté.

21 — ÉCOLE FRANÇAISE 1810. *Portrait du
Prince de la Paix.*

21 *bis* — ÉCOLE FRANÇAISE. *Portrait du
Général Barbou en 1815.*

22 — ÉCOLE FLAMANDE XVIIe SIÈCLE.
Kermesse. Gouache importante et curieuse
composition intéressante par les costumes,
carosses et scènes diverses représentées.

23 — ÉCOLE FLAMANDE. *Mise au tombeau.*

24 — ÉCOLE MODERNE. *Falaises près Étretat.*

25 — ÉCOLE MODERNE. *Tête de jeune femme.* Étude.

26 — ÉCOLE MODERNE. Six études. *Paysages et autres.*

27 — ÉCOLE MODERNE. *Paysage.*

28 — FRANK (Ecole des). *Le songe de Jacob.*

29 — GÉRARD (Manière de), *Portrait pédestre de Joachim Murat.* Esquisse.

30 — GREUZE (D'après). *Tête de jeune garçon.*

31 — GREUZE (D'après). *L'accordée de village.* Gravure encadrée avant toute lettre.

32 — GUILLEMIN. *Scène de prière dans une église.*

33 — LAFAGE. *Le triomphe d'Ariane.* (Bacchanale), dessin provenant de l'ancienne collection du duc de Feltre. (Signé).

34 — LAFOSSE (CHARLES DE). *Le massacre des innocents.* Esquisse.

35 — LANTARA. *Paysages*. Deux tableaux.

36 — LA PORTE (ROLAND DE). *Instruments de musique*.

37 — LAZERGES (HIPPOLYTE). *Paysage près Alger*.

38 — LAZERGES (HIPPOLYTE). *Cour à Alger, vue de la Casbah*. Deux aquarelles.

39 — LEDIEU (PHILIPPE). *Cheval à l'Écurie*.

40 — LEMPUTTEN. *Mouton et chèvre*.

41 — LEYS (BARON). *Prière à la Madone*. Esquisse.

42 — MURILLO (École de). *Le déjeûner des Bohémiens*.

43 — MILLET (École de Francisque). *Berger et troupeau*.

44 — MILLET (JEAN-FRANÇOIS). *L'homme dompté par l'amour*. Dessin signé.

45 — PATA. *La source du Doubs.*

46 — RAPHAEL (D'après). *La Vierge et plu-
sieurs saints.* Dessin encadré.

47 — REMBRANDT (D'après). *Portrait du Maître*

48 — RIGAUD (Hyacinthe). *Portrait d'un
Évêque.*

49 — ROUSSEAU (Attribué à Th.) *Vaches à l'abreu-
voir.*

50 — ROUSSEAU (Genre de Théodore). *Étude
de Paysage.*

51 — ROUSSEAU (Genre de). *Effet d'automne.*

52 — VALLÉE. *Lisière de forêt au soleil couchant.*

53 — YVER. *Retour de la fenaison.* Gouache.

54 — WATTERNAU. *Espagnole.* Faïence peinte
au grand feu.

55 — Tableau sur soie brodée en couleur *La Haye en 1806*. Corps de garde, nombreux personnages civils et militaires.

MINIATURES. OBJETS DIVERS

56 — AUBRY. *Portrait de Marie-Louise*. Miniature sur ivoire.

57 — BARROIS. *Portrait d'un officier*. Époque Louis XVI. Miniature sur ivoire. Beau cadre en bronze doré de l'époque. (Signé).

58 — BAUDOUIN. *S'ils s'éveillaient*. Miniature sur ivoire en grisaille, boîte en poudre d'écaille.

59 — BOZZANIGO. *Bouquet de fleurs*. Bois sculpté.

60 — CHAINBEAUX. *Paysage soleil couchant*. Peinture fixée sous verre.

61 — COSWAY. *Portrait de femme*. Miniature sur ivoire, imitation de camée.

62 — DESRAIS. *Coiffures.* Huit têtes de femme. Dessin à la sépia.

63 — DUQUESNOY (dit François Flamand). *Enfants bacchants*, cire colorée.

64 — GEORGET. *Portrait du roi Louis XVIII.* Peint sur ivoire, cadre bronze doré. Signé, daté 1816.

65 — GEORGET. *Portrait de Mme de Cayla.* Miniature sur vélin. Signé. Cadre en bronze doré. (Signé).

66 — GREUZE. *Portrait de Pierre Bontemps, graveur.* Ami du maître.

67 — HAZÉ. *La Reine Hortense.* Miniature sur émail.

68 — HEINSIUS. *Portrait d'homme.* Miniature sur ivoire. Signée.

69 — HUE. *Paysage effet de nuit.* Miniature à la gouache, sur une boîte ronde écaille.

70 — KINSTEIN, de Strasbourg. *Chasseurs et Chiens*. Bas-relief argent, repoussé et ciselé.

71 — LE BRUN. *Portrait de femme*. Miniature sur ivoire. Époque Louis XVI.

72 — NICOLLE. *Vue d'une ville avec nombreux personnages*. Aquarelle miniature.

73 — PORBUS (Attribué à). *Portrait de Henri IV*. Cadre en bronze doré aux armes royales.

74 — STEWART (ECOLE ANGLAISE). *Portrait de Mlle Dance*, belle miniature sur ivoire. Époque de 1820.

75 — VERNET (Carle). *Cheval d'officier, Ier Empire*.

76 — ÉCOLE ALLEMANDE. *La Vierge et l'enfant*. Peinture à l'huile.

77 — ÉCOLE FRANÇAISE FIN DU XVIe SIÈCLE *Portrait en pied de la duchesse d'Épernon*. Miniature sur vélin.

78 — ÉCOLE FRANÇAISE XVIIIe SIÈCLE. *Fête villageoise*. Miniature boîte en écaille.

79 — ÉCOLE FRANÇAISE XVIIIe SIÈCLE. *Portrait de femme*. Miniature sur ivoire.

80 — ÉCOLE FRANÇAISE. *Portrait d'enfant*. Miniature sur ivoire.

81 — ÉCOLE RUSSE XVIIe SIÈCLE. *La résurrection*. Peinture sur bois avec applications d'argent repoussé.

82 — XVIe SIÈCLE. *Jésus ressucité*. Peinture à l'œuf sur toile.

83 — ÉPOQUE LOUIS XIII. Pièce de monnaie en argent se dévissant. A l'intérieur, portrait d'homme en pied.

84 — Époque LOUIS XIV. *Portrait de femmes*. Miniature sur cuivre.

85 — XVIIIe SIÈCLE, *Louis XV passant la revue des gardes françaises*. Cire coloriée de l'époque.

86 — XVIIIe SIÈCLE. Ivoire sculpté. *Intérieur de Tabagie* dans le genre de TENIERS.

87 — ÉPOQUE LOUIS XVI. Médaillon avec double portrait. *Femme et homme en silhouette.*

88 — ÉPOQUE LOUIS XVI. *Portrait d'officier.* Miniature sur ivoire.

89 — ÉPOQUE LOUIS XVI. *Portrait de femme.* Miniature sur ivoire.

90 — ÉPOQUE LOUIS XVI. Médaillon ovale avec *portrait de femme.* Email.

91 — ÉPOQUE LOUIS XVI — Boîte ivoire avec émail. *Rendez-vous de chasse.*

92 — Époque Louis XVI. *Portrait d'un officier.* Miniature sur ivoire.

93 — Époque Louis XVI. *Portrait d'homme.* Miniature sur ivoire.

94 — Époque Louis XVI. *Portrait de femme.* Miniature sur ivoire.

95 — Époque Louis XVI. *Marie-Antoinette* bas-relief marbre, sur fond bleu.

96 — Époque Louis XVI. *Portrait d'un officier des Gardes françaises*. Miniature sur ivoire, cadre en or.

97 — Époque Louis XVI. *Bergère*. Miniature sur ivoire.

98 — Époque Louis XVI. *Départ pour la chasse*. Peinture sur émail. Montée en broche, cadre orné de Marcassite.

99 — Ire République. *Portrait d'un général*. Miniature sur ivoire.

100 — Époqne de 1798. *Portrait de Garat*, célèbre chanteur. Miniature sur ivoire.

101 — Époque de 1798. *Portrait de Mme Praker*, chanteuse célèbre. Miniature sur ivoire.

102 — Ier Empire. *Napoléon Ier*, gravure en couleur.

103 — Époque Ier Empire. *Le Nid d'Amour. Le Nid d'Amitié*. Deux miniatures sur papier.

104 — Époque Ier Empire. *Portrait de femme*. Miniature sur ivoire, étui en galuchat.

105 — Époque du Ier Empire. *Portrait de femme*. Joli dessin miniature.

106 — Époque 1820. *Portrait de femme*. Miniature sur ivoire.

107 — Poudre d'écaille. Boîte ronde avec *l'ascension de Charles et Robert* en 1784.

108 — *Portrait de Louis XVIII*. Travail miniature et paille.

109 — Sèvres. Plaque ovale, bouquet de fleurs, cadre en bronze doré de l'époque Louis XVI.

110 — Sèvres ancien. Médaillon à fond bleu. *François Ier*.

111 — Sèvres ancien. Deux bustes appliques : *Profils de Marie Antoinette et Mme Élisabeth*.

112 — Sèvres ancien. Médaillon à fond bleu :
Neptune enlevant une nymphe.

113 — Sèvres ancien. Divers boutons ornés de
légendes et appliques diverses, sur fond bleu.

114 — Petit cadre en bois sculpté, forme ovale.
Époque Louis XIV.

MEUBLES ET OBJETS D'ART

115 — Époque Louis XV. Commode bois sculpté
et cuivres.

116 — Époque Louis XVI. Meuble d'encoignure
plaqué de bois rose.

117 — xvII° siècle. Panneau ovale représentant
La Vierge et l'Enfant. Tapisserie armoriée au
point.

118 — Époque Louis XIV. Diverses bandes de ta-
pisseries d'Aubusson provenant de bordures.

119 — Six cadres anciens sculptés et dorés.

120 — Huit porte-rideaux bois sculptés dorés. Époque Empire.

121 — Deux panneaux tableaux chinois avec applications en pierre de Lard sculptée et colorée.

122 — Faïence persane, plaque fracturée, *Cavaliers et Femmes*, décor polychrome.

123 — Cuivre argenté. Suspension d'église xviiie siècle.

124 — Bois sculpté xviie siècle. Départ de Rampe avec singes et volutes.

125 — Bois sculpté avec parties dorées xviiie siècle. Chapiteau, deux têtes de saints, reliquaire, divers morceaux.

126 — Marbre xviiie siècle. *Tête de femme de profil*, médaillon ovale fracturé.

INSTRUMENTS DE MUSIQUE

127 — Trompe Marine, bois sculpté.

128 — Tambourin Malais.

OBJETS DIVERS

129 — Cartons de gravures.

130 — Diverses gravures anciennes encadrées.

131 — Belle suspension bronze doré.

132 — Cartel bronze doré.

133 — Pendule bois sujet bronze.

134 — Table à thé japonaise.

135 — Table marqueterie.

136 — Fauteuil, pouff, fumeuse.

137 — Objets omis au catalogue.

Paris. — Imp. E. Ménard et Cⁱᵉ, 8-10, rue Milton.